桂图登字：20-2016-075

图书在版编目（CIP）数据

野猫军团吃冰淇淋 /（日）工藤纪子著；林静、李薇译. —南宁：接力出版社，2018.9
(野猫军团系列）
ISBN 978-7-5448-5754-3

Ⅰ. ①野… Ⅱ. ①工…②林…③李… Ⅲ. ①儿童故事－图画故事－日本－现代 Ⅳ. ①I313.85

中国版本图书馆CIP数据核字(2018)第214495号

责任编辑：李明淑　文字编辑：徐　超　美术编辑：杨　慧　责任校对：杨　艳
责任监印：史　敬　版权联络：闫安琪
社长：黄　俭　总编辑：白　冰
出版发行：接力出版社　社址：广西南宁市园湖南路9号　邮编：530022
电话：010-65546561（发行部）　传真：010-65545210（发行部）
http://www.jielibj.com　E-mail:jieli@jielibook.com
经销：新华书店　印制：北京富诚彩色印刷有限公司
开本：200毫米×200毫米　1/20　印张：1.8　字数：30千字
版次：2018年9月第1版　印次：2020年5月第6次印刷
印数：46 001—71 000册　定价：18.00元

YEMAO JUNTUAN CHI BINGQILIN

野猫军团系列

野猫军团吃冰淇淋

[日]工藤纪子 著 林 静 李 薇 译

这里是汪汪先生的冰淇淋店。
野猫军团正偷偷往里面看……

接力出版社
Publishing House

“早上好，我是冰淇淋工厂派来送冰淇淋的。”

“早上好，请和以前一样，把空桶拿走吧。”

喵，冰淇淋看起来好好吃啊。喵，好想吃冰淇淋啊。

对了，

只要钻进这个空桶里……

那我就先回去了。

突突突……

明早见！

突突突，突突突。

哐啷，哐当。

已经开了好久了，

瞧瞧外面的情况吧。

探头。

喵——

冰淇淋王国！

我回来了。

今天也一起努力工作吧。

嗨哟，嗨哟。

做了好多好吃的冰淇淋呀。

等到明天早上，再把冰淇淋装进空桶里吧。好了，我们回家吧。

好多刚做好的冰淇淋呀。

喵，喵，开吃吧——

啊呜，啊呜，喵，喵。

啊，真好吃！

店 店
全部吃光了。呜呜，好冷呀。
喵，快回家吧。

呼——
哇——
冰淇淋工厂
冰淇淋

嗖——

好冷啊，脚都挪不动了。

白茫茫一片，都看不见前面的路了。

喵，我困了。

不能睡呀，喵。

睡着了就会被冻住，喵。

呼喵，呼喵……

不好！烧水壶的火是不是忘记关掉了呀？

嗒嗒嗒。

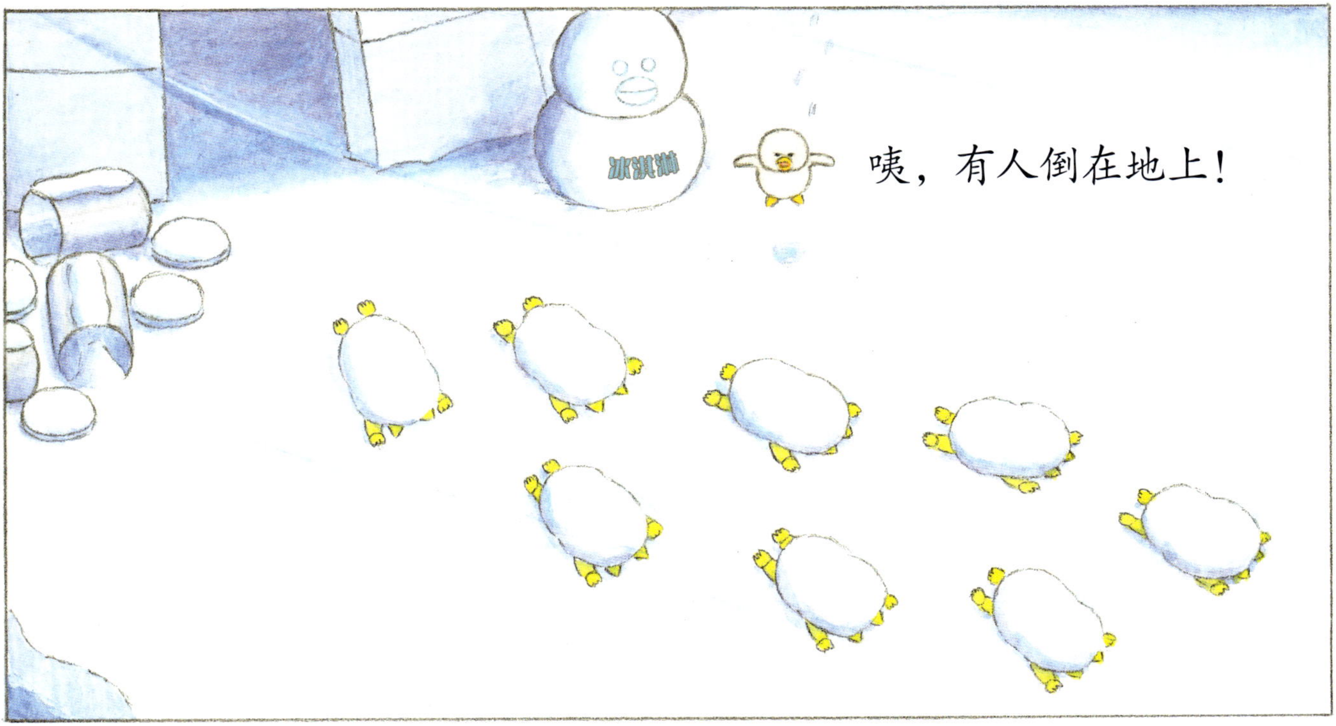

咦，有人倒在地上！

浇上暖乎乎的热水试试吧。
热气腾腾。
喵。

啊，可算活过来了。小弟弟，谢谢你。
请裹上毯子，再喝点儿热茶吧。

“小弟弟，你叫什么名字？”

“我叫企企。叔叔们今天早上在汪汪冰淇淋店吧？”

“你知道怎么回那里去吗？”

“走路可走不回去呀。我让爸爸送你们回去吧，我这就去叫他。”

“真是麻烦你了，小弟弟。”

“虽然爸爸告诉过我，不要从这条路走，可走这条路会近好多。”

“我马上就回来！”

跳，跳，跳。

哗啦——
呀——
这小娃娃看上去真好吃，
一口吞掉他吧。
啊，那个小弟弟！

不好了，快点儿，快点儿！

虎鲸，离小弟弟远点儿！
喵，快跑啊！

就这样一直往前跑，

跑得远远的！

很好，我改变主意了，
我要把你们吃掉。

喵，好可怕！
汪汪
汪汪
汪汪
汪汪
汪汪
咣当！

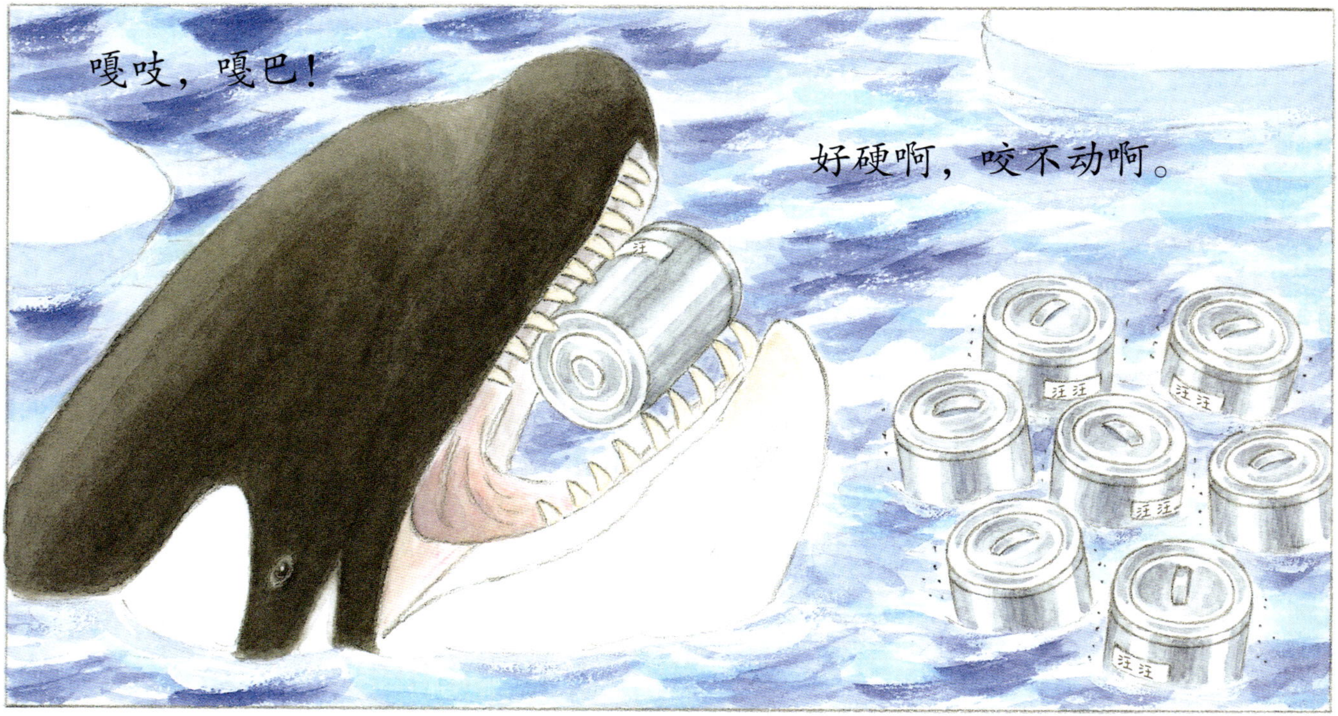
嘎吱，嘎巴！
好硬啊，咬不动啊。
汪汪
汪汪
汪汪
汪汪

要是把桶放在冰下面，他们受不了了，就会逃出来吧？
等他们逃出来，我就啊呜一口吃掉他们。

咕噜咕噜咕噜。

桶上打了洞，
海水慢慢流进桶里，
呼吸越来越困难了。

喵，快不行了……

就在这时——

砰—

是企企找我来救你们的。

哎呀，都冻住了。

喂喂，这里是冰淇淋王国。

好的，我马上就过来。

今天早上一来，
就看到工厂成了这副样子，
要派送的冰淇淋
全都不见了。

这样啊，我知道了。

“你们这些家伙，偷偷溜进冰淇淋工厂捣乱，你们觉得这样做对吗？”

“不对。” “喵……”

“那你们知道自己做了坏事吗？”

“知道了。” “喵，喵。”

“很好，那现在就开始干活儿吧。”

冰淇淋工厂今天因故暂停营业。

为了庆祝企企得救，住在附近的邻居们，请来一起吃冰淇淋吧！

再见了，小弟弟，谢谢你救了我们，我们永远不会忘记你。

再见了，叔叔们，欢迎下次再来冰淇淋王国玩。

“喵，那我们就先走啦。”

“等等，你们的活儿还没干完呢。”

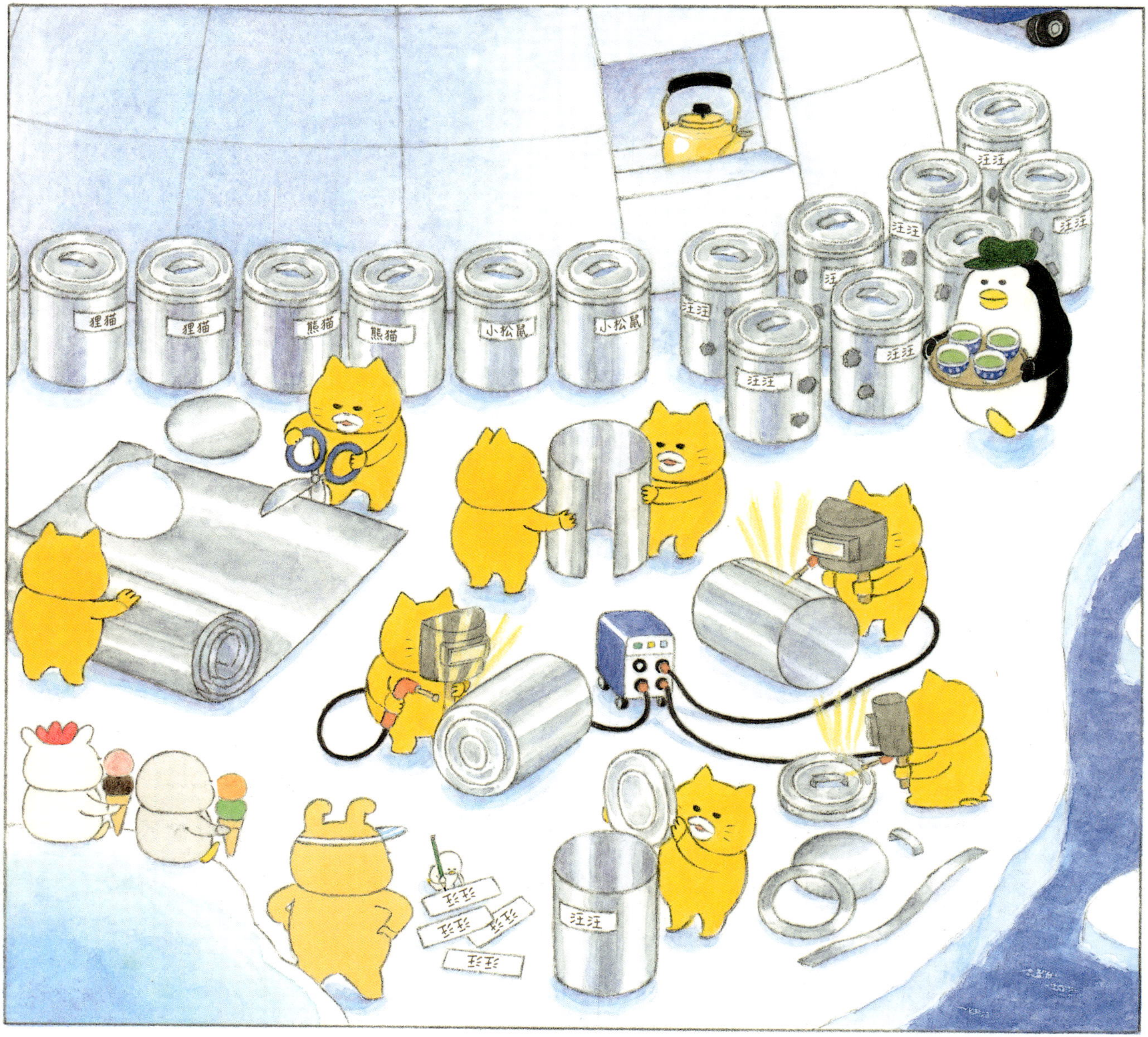

完。

关于作者

工藤纪子，1970 年出生于日本神奈川县，毕业于日本女子美术短期大学，是日本最受欢迎的图画书作家之一。她从小就喜欢画画、喜欢幻想，梦想着成为一个以画画和讲故事为生的人。妈妈常常对她说：“你一定要找到一件自己非常喜欢做的事情，要喜欢到废寝忘食也不在乎的程度。如果这件事情还能成为你的工作，那就更好了。”长大后，在丈夫的支持和鼓励下，工藤纪子真的成了一位深受孩子们和大人们喜爱的童书作家，并多次获得日本 MOE 绘本屋大奖的推荐。

代表作品有“幸福小鸡系列”、“野猫军团系列”、“马露露冒险童话”系列、“小企鹅去旅行系列”等。